dtv

Dieser kleine Geschenkband versammelt neben den wichtigsten und bekanntesten Gedichten auch manches unbekannte »Fundstück« des bedeutendsten Lyrikers zwischen Romantik und Realismus. Mörike war ein Verwandlungskünstler und in seinem durchtriebenen Spiel mit Masken und Rollen läßt sich schon die nahende Moderne erahnen – gleichzeitig aber erweist er sich auch als letzter souveräner Erbe der literarischen Vergangenheit. Dabei stehen antikische Verse neben volksliedhaften, humorvolle neben erotischen. Mit diesen hat sich der Poet, schwäbisch bescheiden, in den Kanon der Weltliteratur gedichtet.

Eduard Mörike, 1804 in Ludwigsburg geboren, besuchte zunächst die Lateinschule. 1826 begann er eine Tätigkeit als Vikar, anschließend war er Redakteur einer Zeitschrift, bevor er mehrere Pfarrstellen innehatte. Nach der vorzeitigen Pensionierung wirkte er als Literaturlehrer und Hofrat, ab 1856 als Professor. Er starb 1875 in Stuttgart.

Der Herausgeber, *Dietmar Jaegle,* Dr. phil., Jahrgang 1963, ist Wissenschaftlicher Mitarbeiter im Schiller-Nationalmuseum und Deutschen Literaturarchiv in Marbach a. N. Neben seinen Mörike-Studien hat er sich in den alten und neuen Medien besonders mit deutscher und englischer Lyrik beschäftigt.

Eduard Mörike

Horch, von fern ein leiser Harfenton

Gedichte

Ausgewählt und herausgegeben
von Dietmar Jaegle

Deutscher Taschenbuch Verlag

Originalausgabe
Juni 2004
Deutscher Taschenbuch Verlag GmbH & Co. KG,
München
www.dtv.de

Umschlagkonzept: Balk & Brumshagen
Umschlaggestaltung unter Verwendung
eines Tapetenmusters von William Harris
Gesamtherstellung: Druckerei C. H. Beck, Nördlingen
Gedruckt auf säurefreiem, chlorfrei gebleichtem Papier
Printed in Germany · ISBN 3-423-13258-2

Inhalt

I

Seh ich hinab in lichte Feenreiche?

Septembermorgen

Im Nebel ruhet noch die Welt,
Noch träumen Wald und Wiesen:
Bald siehst du, wenn der Schleier fällt,
Den blauen Himmel unverstellt,
Herbstkräftig die gedämpfte Welt
In warmem Golde fließen.

Begegnung

Was doch heut nacht ein Sturm gewesen,
Bis erst der Morgen sich geregt!
Wie hat der ungebetne Besen
Kamin und Gassen ausgefegt!

Da kommt ein Mädchen schon die Straßen,
Das halb verschüchtert um sich sieht;
Wie Rosen, die der Wind zerblasen,
So unstet ihr Gesichtchen glüht.

Ein schöner Bursch tritt ihr entgegen,
Er will ihr voll Entzücken nahn:
Wie sehn sich freudig und verlegen
Die ungewohnten Schelme an!

Er scheint zu fragen, ob das Liebchen
Die Zöpfe schon zurechtgemacht,
Die heute nacht im offnen Stübchen
Ein Sturm in Unordnung gebracht.

Der Bursche träumt noch von den Küssen,
Die ihm das süße Kind getauscht,
Er steht, von Anmut hingerissen,
Derweil sie um die Ecke rauscht.

Das verlassene Mägdlein

Früh, wann die Hähne krähn,
Eh die Sternlein verschwinden,
Muß ich am Herde stehn,
Muß Feuer zünden.

Schön ist der Flammen Schein,
Es springen die Funken;
Ich schaue so drein,
In Leid versunken.

Plötzlich, da kommt es mir,
Treuloser Knabe,
Daß ich die Nacht von dir
Geträumet habe.

Träne auf Träne dann
Stürzet hernieder;
So kommt der Tag heran –
O ging' er wieder!

Jedem das Seine

Aninka tanzte
Vor uns im Grase
Die raschen Weisen.
    Wie schön war sie!

Mit den gesenkten,
Bescheidnen Augen
Das stille Mädchen –
    Mich macht' es toll!

Da sprang ein Knöpfchen
Ihr von der Jacke,
Ein goldnes Knöpfchen,
    Ich fing es auf –

Und dachte Wunder
Was mir's bedeute,
Doch hämisch lächelt'
    Jegór dazu,

Als wollt er sagen:
Mein ist das Jäckchen,
Und was es decket,
Mein ist das Mädchen,
    Und dein – der Knopf!

Ideale Wahrheit

Gestern entschlief ich im Wald, da sah ich im Traume das kleine
Mädchen, mit dem ich als Kind immer am liebsten verkehrt.
Und sie zeigte mir hoch im Gipfel der Eiche den Kuckuck,
Wie ihn die Kindheit denkt, prächtig gefiedert und groß.
»Drum! dies ist der wahrhaftige Kuckuck!« – rief ich – »Wer sagte
Mir doch neulich, er sei klein nur, unscheinbar und grau?«

Auf dem Krankenbette

Gleich wie ein Vogel am Fenster vorbei mit
sonnebeglänztem
Flügel den blitzenden Schein wirft in ein schattig
Gemach,
Also, mitten im Gram um verlorene Jahre des Siechbetts,
überraschet und weckt leuchtende Hoffnung mich oft.

Nachts am Schreibepult

Primel und Stern und Syringe, von einsamer Kerze
beleuchtet
Hier im Glase, wie fremd blickt ihr, wie feenhaft, her!
Sonne schien, als die Liebste euch trug, da wart ihr so
freudig:
Mitternacht summt nun um euch, ach! und kein
Liebchen ist hier.

An einem Wintermorgen, vor Sonnenaufgang

O flaumenleichte Zeit der dunkeln Frühe!
Welch neue Welt bewegest du in mir?
Was ist's, daß ich auf einmal nun in dir
Von sanfter Wollust meines Daseins glühe?

Einem Kristall gleicht meine Seele nun,
Den noch kein falscher Strahl des Lichts getroffen;
Zu fluten scheint mein Geist, er scheint zu ruhn,
Dem Eindruck naher Wunderkräfte offen,
Die aus dem klaren Gürtel blauer Luft
Zuletzt ein Zauberwort vor meine Sinne ruft.

Bei hellen Augen glaub ich doch zu schwanken;
Ich schließe sie, daß nicht der Traum entweiche.
Seh ich hinab in lichte Feenreiche?
Wer hat den bunten Schwarm von Bildern und
Gedanken
Zur Pforte meines Herzens hergeladen,
Die glänzend sich in diesem Busen baden,
Goldfarbgen Fischlein gleich im Gartenteiche?

Ich höre bald der Hirtenflöten Klänge,
Wie um die Krippe jener Wundernacht,
Bald weinbekränzter Jugend Lustgesänge;
Wer hat das friedenselige Gedränge
In meine traurigen Wände hergebracht?

Und welch Gefühl entzückter Stärke,
Indem mein Sinn sich frisch zur Ferne lenkt!
Vom ersten Mark des heutgen Tags getränkt,
Fühl ich mir Mut zu jedem frommen Werke.
Die Seele fliegt, so weit der Himmel reicht,
Der Genius jauchzt in mir! Doch sage,
Warum wird jetzt der Blick von Wehmut feucht?
Ist's ein verloren Glück, was mich erweicht?
Ist es ein werdendes, was ich im Herzen trage?
– Hinweg, mein Geist! hier gilt kein Stillestehn:
Es ist ein Augenblick, und alles wird verwehn!

Dort, sieh, am Horizont lüpft sich der Vorhang schon!
Es träumt der Tag, nun sei die Nacht entflohn;
Die Purpurlippe, die geschlossen lag,
Haucht, halbgeöffnet, süße Atemzüge:
Auf einmal blitzt das Aug, und, wie ein Gott, der Tag
Beginnt im Sprung die königlichen Flüge!

Nur zu!

Schön prangt im Silbertau die junge Rose,
Den ihr der Morgen in den Busen rollte,
Sie blüht, als ob sie nie verblühen wollte,
Sie ahnet nichts vom letzten Blumenlose.

Der Adler strebt hinan ins Grenzenlose,
Sein Auge trinkt sich voll von sprühndem Golde;
Er ist der Tor nicht, daß er fragen sollte,
Ob er das Haupt nicht an die Wölbung stoße.

Mag denn der Jugend Blume uns verbleichen,
Noch glänzet sie und reizt unwiderstehlich;
Wer will zu früh so süßem Trug entsagen?

Und Liebe, darf sie nicht dem Adler gleichen?
Doch fürchtet sie; auch fürchten ist ihr selig,
Denn all ihr Glück, was ist's? – ein endlos Wagen!

Götterwink

Nachts auf einsamer Bank saß ich im tauenden Garten,
Nah dem erleuchteten Saal, der mir die Liebste verbarg.
Rund umblüheten ihn die Akazien, duftaushauchend,
Weiß wie der fallende Schnee deckten die Blüten den Weg.
Mädchengelächter erscholl und Tanz und Musik in dem Innern,
Doch aus dem fröhlichen Chor hört ich nur andre heraus.
Trat sie einmal ans Fenster, ich hätte den dunkelsten Umriß
Ihrer lieben Gestalt gleich unter allen erkannt.
Warum zeigt sie sich nicht, und weiß, es ist der Geliebte
Niemals ferne von ihr, wo sie auch immer verweilt?
Ihr umgebt sie nun dort, o feine Gesellen! Ihr findet,
Schön ist die Blume, noch rein atmend die Würze des Hains.
Dünkt euch dies Kind wohl eben gereift für das erste Verständnis
Zärtlicher Winke? Ihr seid schnelle, doch kommt ihr zu spät.
Stirne, Augen und Mund, von Unschuld strahlend, umdämmert
Schon des gekosteten Glücks seliger Nebel geheim.

Blickt sie nicht wie abwesend in euren Lärmen? Ihr Lächeln
  Zeigt nur gezwungen die Zahnperlen, die köstlichen, euch.
Wüßtet ihr was die Schleife verschweigt im doppelten Kranze
  Ihrer Flechten! Ich selbst steckte sie küssend ihr an,
Während mein Arm den Nacken umschlang, den eueren Blicken
  Glücklich der seidene Flor, lüsterne Knaben, verhüllt.
– Also sprach ich und schwellte mir so Verlangen und Sehnsucht;
  Kleinliche Sorge bereits mischte sich leise darein.
Aber ein Zeichen erschien, ein göttliches: nicht die Geliebte
  Schickt'es, doch Amor selbst, welchen mein Kummer gerührt.
Denn an dem Altan, hinter dem nächtlichen Fenster, bewegt sich
  Plötzlich, wie Fackelschein, eilig vorüber ein Licht,
Stark herabstrahlend zu mir, und hebt aus dem dunkeln Gebüsche,
  Dicht mir zur Seite, die hoch glühende Rose hervor.
Heil! o Blume, du willst mir verkünden, o götterberührte,
  Welche Wonne, noch heut, mein, des Verwegenen, harrt

Im verschloßnen Gemach. Wie schlägt mein Busen! –
Erschütternd
Ist der Dämonien Ruf, auch der den Sieg dir
verspricht.

Wieviel Herrliches auch die Natur, wie Großes die edle
Kunst auch schaffe, was geht über das schöne Gemüt,
Welches die Tiefen des Lebens erkannt, viel Leides erfahren,
Und den heiteren Blick doch in die Welt noch behielt! –
Ob dem dunkelen Quell, der geheimnisvoll in dem Abgrund
Schauert und rauscht, wie hold lächelt die Rose mich an!

II

Hört man Goldglockentöne schweben

In der Frühe

Kein Schlaf noch kühlt das Auge mir,
Dort gehet schon der Tag herfür
An meinem Kammerfenster.
Es wühlet mein verstörter Sinn
Noch zwischen Zweifeln her und hin
Und schaffet Nachtgespenster.
– Ängste, quäle
Dich nicht länger, meine Seele!
Freu dich! schon sind da und dorten
Morgenglocken wach geworden.

An eine Äolsharfe

Tu semper urges flebilibus modis
Mysten ademptum: nec tibi Vespero
Surgente decedunt amores,
Nec rapidum fugiente Solem.

Hor.

Angelehnt an die Efeuwand
Dieser alten Terrasse,
Du, einer luftgebornen Muse
Geheimnisvolles Saitenspiel,
Fang an,
Fange wieder an
Deine melodische Klage!

Ihr kommet, Winde, fern herüber,
Ach, von des Knaben,
Der mir so lieb war,
Frisch grünendem Hügel.
Und Frühlingsblüten unterweges streifend,
Übersättigt mit Wohlgerüchen,
Wie süß bedrängt ihr dies Herz!
Und säuselt her in die Saiten,
Angezogen von wohllautender Wehmut,
Wachsend im Zug meiner Sehnsucht,
Und hinsterbend wieder.

Aber auf einmal,
Wie der Wind heftiger herstößt,
Ein holder Schrei der Harfe
Wiederholt, mir zu süßem Erschrecken,
Meiner Seele plötzliche Regung;
Und hier – die volle Rose streut, geschüttelt,
All ihre Blätter vor meine Füße!

Gesang zu zweien in der Nacht

Sie:

Wie süß der Nachtwind nun die Wiese streift,
Und klingend jetzt den jungen Hain durchläuft!
Da noch der freche Tag verstummt,
Hört man der Erdenkräfte flüsterndes Gedränge,
Das aufwärts in die zärtlichen Gesänge
Der reingestimmten Lüfte summt.

Er:

Vernehm ich doch die wunderbarsten Stimmen,
Vom lauen Wind wollüstig hingeschleift,
Indes, mit ungewissem Licht gestreift,
Der Himmel selber scheinet hinzuschwimmen.

Sie:

Wie ein Gewebe zuckt die Luft manchmal,
Durchsichtiger und heller aufzuwehen;
Dazwischen hört man weiche Töne gehen
Von sel'gen Feen, die im blauen Saal
Zum Sphärenklang,
Und fleißig mit Gesang,
Silberne Spindeln hin und wider drehen.

Er:

O holde Nacht, du gehst mit leisem Tritt
Auf schwarzem Samt, der nur am Tage grünet,
Und luftig schwirrender Musik bedienet
Sich nun dein Fuß zum leichten Schritt,
Womit du Stund um Stunde missest,
Dich lieblich in dir selbst vergissest –
Du schwärmst, es schwärmt der Schöpfung Seele mit!

Der Feuerreiter

Sehet ihr am Fensterlein
Dort die rote Mütze wieder?
Nicht geheuer muß es sein,
Denn er geht schon auf und nieder.
Und auf einmal welch Gewühle
Bei der Brücke, nach dem Feld!
Horch! das Feuerglöcklein gellt:
    Hinterm Berg,
    Hinterm Berg
Brennt es in der Mühle!

Schaut! da sprengt er wütend schier
Durch das Tor, der Feuerreiter,
Auf dem rippendürren Tier,
Als auf einer Feuerleiter!
Querfeldein! Durch Qualm und Schwüle
Rennt er schon, und ist am Ort!
Drüben schallt es fort und fort:
    Hinterm Berg,
    Hinterm Berg
Brennt es in der Mühle!

Der so oft den roten Hahn
Meilenweit von fern gerochen,
Mit des heilgen Kreuzes Span
Freventlich die Glut besprochen –
Weh! dir grinst vom Dachgestühle
Dort der Feind im Höllenschein.
Gnade Gott der Seele dein!
  Hinterm Berg,
  Hinterm Berg
Rast er in der Mühle!

Keine Stunde hielt es an,
Bis die Mühle borst in Trümmer;
Doch den kecken Reitersmann
Sah man von der Stunde nimmer.
Volk und Wagen im Gewühle
Kehren heim von all dem Graus;
Auch das Glöcklein klinget aus:
  Hinterm Berg,
  Hinterm Berg
Brennt's! –

Nach der Zeit ein Müller fand
Ein Gerippe samt der Mützen
Aufrecht an der Kellerwand
Auf der beinern Mähre sitzen:
Feuerreiter, wie so kühle
Reitest du in deinem Grab!
Husch! da fällt's in Asche ab.
    Ruhe wohl,
    Ruhe wohl
Drunten in der Mühle!

Die schöne Buche

Ganz verborgen im Wald kenn ich ein Plätzchen, da stehet
Eine Buche, man sieht schöner im Bilde sie nicht.
Rein und glatt, in gediegenem Wuchs erhebt sie sich einzeln,
Keiner der Nachbarn rührt ihr an den seidenen Schmuck.
Rings, so weit sein Gezweig der stattliche Baum ausbreitet,
Grünet der Rasen, das Aug still zu erquicken, umher;
Gleich nach allen Seiten umzirkt er den Stamm in der Mitte;
Kunstlos schuf die Natur selber dies liebliche Rund.
Zartes Gebüsch umkränzet es erst; hochstämmige Bäume,
Folgend in dichtem Gedräng, wehren dem himmlischen Blau.
Neben der dunkleren Fülle des Eichbaums wieget die Birke
Ihr jungfräuliches Haupt schüchtern im goldenen Licht.
Nur wo, verdeckt vom Felsen, der Fußsteig jäh sich hinabschlingt,
Lässet die Hellung mich ahnen das offene Feld.
– Als ich unlängst einsam, von neuen Gestalten des Sommers
Ab dem Pfade gelockt, dort im Gebüsch mich verlor,

Führt' ein freundlicher Geist, des Hains auflauschende
Gottheit,
Hier mich zum erstenmal, plötzlich, den Staunenden,
ein.
Welch Entzücken! Es war um die hohe Stunde des
Mittags,
Lautlos alles, es schwieg selber der Vogel im Laub.
Und ich zauderte noch, auf den zierlichen Teppich zu
treten;
Festlich empfing er den Fuß, leise beschritt ich ihn
nur.
Jetzo, gelehnt an den Stamm (er trägt sein breites
Gewölbe
Nicht zu hoch), ließ ich rundum die Augen ergehn,
Wo den beschatteten Kreis die feurig strahlende Sonne,
Fast gleich messend umher, säumte mit blendendem
Rand.
Aber ich stand und rührte mich nicht; dämonischer
Stille,
Unergründlicher Ruh lauschte mein innerer Sinn.
Eingeschlossen mit dir in diesem sonnigen Zauber –
Gürtel, o Einsamkeit, fühlt ich und dachte nur dich!

Abreise

Fertig schon zur Abfahrt steht der Wagen,
Und das Posthorn bläst zum letzten Male.
Sagt, wo bleibt der vierte Mann so lange?
Ruft ihn, soll er nicht dahinten bleiben!
– Indes fällt ein rascher Sommerregen;
Eh man hundert zählt, ist er vorüber;
Fast zu kurz, den heißen Staub zu löschen;
Doch auch diese Letzung ist willkommen.
Kühlung füllt und Wohlgeruch den weiten
Platz und an den Häusern ringsum öffnet
Sich ein Blumenfenster um das andre.
Endlich kommt der junge Mann. Geschwinde!
Eingestiegen! – Und fort rollt der Wagen.
Aber sehet, auf dem nassen Pflaster
Vor dem Posthaus, wo er stillgehalten,
Läßt er einen trocknen Fleck zurücke,
Lang und breit, sogar die Räder sieht man
Angezeigt und wo die Pferde standen.
Aber dort in jenem hübschen Hause,
Drin der Jüngling sich so lang verweilte,
Steht ein Mädchen hinterm Fensterladen,
Blicket auf die weiß gelaßne Stelle,
Hält ihr Tüchlein vors Gesicht und weinet.
Mag es ihr so ernst sein? Ohne Zweifel;
Doch der Jammer wird nicht lange währen:

Mädchenaugen, wißt ihr, trocknen hurtig,
Und eh auf dem Markt die Steine wieder
Alle hell geworden von der Sonne,
Könnet ihr den Wildfang lachen hören.

Denk es, o Seele!

Ein Tännlein grünet wo,
Wer weiß, im Walde,
Ein Rosenstrauch, wer sagt,
In welchem Garten?
Sie sind erlesen schon,
Denk es, o Seele,
Auf deinem Grab zu wurzeln
Und zu wachsen.

Zwei schwarze Rößlein weiden
Auf der Wiese,
Sie kehren heim zur Stadt
In muntern Sprüngen.
Sie werden schrittweis gehen
Mit deiner Leiche;
Vielleicht, vielleicht noch eh
An ihren Hufen
Das Eisen los wird,
Das ich blitzen sehe!

Um Mitternacht

Gelassen stieg die Nacht ans Land,
Lehnt träumend an der Berge Wand,
Ihr Auge sieht die goldne Waage nun
Der Zeit in gleichen Schalen stille ruhn;
  Und kecker rauschen die Quellen hervor,
  Sie singen der Mutter, der Nacht, ins Ohr
    Vom Tage,
  Vom heute gewesenen Tage.

Das uralt alte Schlummerlied,
Sie achtet's nicht, sie ist es müd;
Ihr klingt des Himmels Bläue süßer noch,
Der flüchtgen Stunden gleichgeschwungnes Joch.
  Doch immer behalten die Quellen das Wort,
  Es singen die Wasser im Schlafe noch fort
    Vom Tage,
  Vom heute gewesenen Tage.

Auf einer Wanderung

In ein freundliches Städtchen tret ich ein,
In den Straßen liegt roter Abendschein.
Aus einem offnen Fenster eben,
Über den reichsten Blumenflor
Hinweg, hört man Goldglockentöne schweben,
Und *eine* Stimme scheint ein Nachtigallenchor,
Daß die Blüten beben,
Daß die Lüfte leben,
Daß in höherem Rot die Rosen leuchten vor.

Lang hielt ich staunend, lustbeklommen.
Wie ich hinaus vors Tor gekommen,
Ich weiß es wahrlich selber nicht.
Ach hier, wie liegt die Welt so licht!
Der Himmel wogt in purpurnem Gewühle,
Rückwärts die Stadt in goldnem Rauch;
Wie rauscht der Erlenbach, wie rauscht im Grund die Mühle!
Ich bin wie trunken, irrgeführt –
O Muse, du hast mein Herz berührt
Mit einem Liebeshauch!

Am Walde

Am Waldsaum kann ich lange Nachmittage,
Dem Kuckuck horchend, in dem Grase liegen;
Er scheint das Tal gemächlich einzuwiegen
Im friedevollen Gleichklang seiner Klage.

Da ist mir wohl, und meine schlimmste Plage,
Den Fratzen der Gesellschaft mich zu fügen,
Hier wird sie mich doch endlich nicht bekriegen,
Wo ich auf eigne Weise mich behage.

Und wenn die feinen Leute nur erst dächten,
Wie schön Poeten ihre Zeit verschwenden,
Sie würden mich zuletzt noch gar beneiden.

Denn des Sonetts gedrängte Kränze flechten
Sich wie von selber unter meinen Händen,
Indes die Augen in der Ferne weiden.

An die Geliebte

Wenn ich, von deinem Anschaun tief gestillt,
Mich stumm an deinem heilgen Wert vergnüge,
Dann hör ich recht die leisen Atemzüge –
Des Engels, welcher sich in dir verhüllt.

Und ein erstaunt, ein fragend Lächeln quillt
Auf meinem Mund, ob mich kein Traum betrüge,
Daß nun in dir, zu ewiger Genüge,
Mein kühnster Wunsch, mein einzger, sich erfüllt?

Von Tiefe dann zu Tiefen stürzt mein Sinn,
Ich höre aus der Gottheit nächtger Ferne
Die Quellen des Geschicks melodisch rauschen.

Betäubt kehr ich den Blick nach oben hin,
Zum Himmel auf – da lächeln alle Sterne;
Ich kniee, ihrem Lichtgesang zu lauschen.

An Wilhelm Hartlaub

Durchs Fenster schien der helle Mond herein;
Du saßest am Klavier im Dämmerschein,
Versankst im Traumgewühl der Melodien,
Ich folgte dir an schwarzen Gründen hin,
Wo der Gesang versteckter Quellen klang,
Gleich Kinderstimmen, die der Wind verschlang.

Doch plötzlich war dein Spiel wie umgewandt,
Nur blauer Himmel schien noch ausgespannt,
Ein jeder Ton ein lang gehaltnes Schweigen.
Da fing das Firmament sich an zu neigen,
Und jäh daran herab der Sterne selig Heer
Glitt rieselnd in ein goldig Nebelmeer,
Bis Tropf um Tropfen hell darin zerging,
Die alte Nacht den öden Raum umfing.

Und als du neu ein fröhlich Leben wecktest,
Die Finsternis mit jungem Lichte schrecktest,
War ich schon weit hinweg mit Sinn und Ohr,
Zuletzt warst du es selbst, in den ich mich verlor;
Mein Herz durchzückt' mit eins ein Freudenstrahl:
Dein ganzer Wert erschien mir auf einmal.
So wunderbar empfand ich es, so neu,
Daß noch bestehe Freundeslieb und Treu!
Daß uns so sichrer Gegenwart Genuß
Zusammenhält in Lebensüberfluß!

Ich sah dein hingesenktes Angesicht
Im Schatten halb und halb im klaren Licht;
Du ahntest nicht, wie mir der Busen schwoll,
Wie mir das Auge brennend überquoll.
Du endigtest; ich schwieg – Ach warum ist doch eben
Dem höchsten Glück kein Laut des Danks gegeben?

Da tritt dein Töchterchen mit Licht herein,
Ein ländlich Mahl versammelt groß und klein,
Vom nahen Kirchturm schallt das Nachtgeläut,
Verklingend so des Tages Lieblichkeit.

ACH NUR EINMAL NOCH IM LEBEN!

Im Fenster jenes alt verblichnen Gartensaals
Die Harfe, die, vom leisen Windhauch angeregt,
Lang ausgezogne Töne traurig wechseln läßt
In ungepflegter Spätherbst-Blumen-Einsamkeit,
Ist schön zu hören einen langen Nachmittag.
Nicht völlig unwert ihrer holden Nachbarschaft
Stöhnt auf dem grauen Zwingerturm die Fahne dort,
Wenn stürmischer oft die Wolken ziehen überhin.

In meinem Garten aber (hieß' er nur noch mein!)
Ging so ein Hinterpförtchen frei ins Feld hinaus,
Abseits vom Dorf. Wie manches liebe Mal stieß ich
Den Riegel auf an der geschwärzten Gattertür
Und bog das überhängende Gesträuch zurück,
Indem sie sich auf rostgen Angeln schwer gedreht! –
Die Tür nun, musikalisch mannigfach begabt,
Für ihre Jahre noch ein ganz annehmlicher
Sopran (wenn sie nicht eben wetterlaunisch war),
Verriet mir eines Tages – plötzlich, wie es schien,
Erweckt aus einer lieblichen Erinnerung –
Ein schöneres Empfinden, höhere Fähigkeit.

Ich öffne sie gewohnter Weise, da beginnt
Sie zärtlich eine Arie, die mein Ohr sogleich
Bekannt ansprach. Wie? rief ich staunend: träum ich
denn?
War das nicht »Ach nur einmal noch im Leben« ganz?
Aus Titus, wenn mir recht ist? – Alsbald ließ ich sie
Die Stelle wiederholen; und ich irrte nicht!
Denn langsamer, bestimmter, seelenvoller nun
Da capo sang die Alte: »Ach nur einmal noch!«
Die fünf, sechs ersten Noten nämlich, weiter kaum,
Hingegen war auch dieser Anfang tadellos.
– Und was, frug ich nach einer kurzen Stille sie,
Was denn noch einmal? Sprich, woher, Elegische,
Hast du das Lied? Ging etwa denn zu deiner Zeit
(Die neunziger Jahre meint ich) hier ein schönes Kind,
Des Pfarrers Enkeltochter, sittsam aus und ein,
Und hörtest du sie durch das offne Fenster oft
Am grünlackierten, goldbeblümten Pantalon
Hellstimmig singen? Des gestrengen Mütterchens
Gedenkst du auch, der Hausfrau, die so reinlich stets
Den Garten hielt, gleich wie sie selber war, wann sie
Nach schwülem Tag am Abend ihren Kohl begoß,
Derweil der Pfarrherr ein paar Freunden aus der Stadt,
Die eben weggegangen, das Geleite gab;
Er hatte sie bewirtet in der Laube dort,
Ein lieber Mann, redseliger Weitschweifigkeit.

Vorbei ist nun das alles und kehrt nimmer so!
Wir Jüngern heutzutage treiben's ungefähr
Zwar gleichermaßen, wackre Leute ebenfalls;
Doch besser dünkt ja allen was vergangen ist.
Es kommt die Zeit, da werden wir auch ferne weg-
Gezogen sein, den Garten lassend und das Haus.
Dann wünschest du nächst jenen Alten uns zurück,
Und schmückt vielleicht ein treues Herz vom Dorf
einmal,
Mein denkend und der Meinen, im Vorübergehn
Dein morsches Holz mit hellem Ackerblumenkranz.

Auf einem Kirchturm

Ein Glockentonmeer wallet
Zu Füßen uns und hallet
Weit über Stadt und Land.
So laut die Wellen schlagen,
Wir fühlen mit Behagen
Uns hoch zu Schiff getragen
Und blicken schwindelnd von dem Rand.

Ein Stündlein wohl vor Tag

Derweil ich schlafend lag,
Ein Stündlein wohl vor Tag,
Sang vor dem Fenster auf dem Baum
Ein Schwälblein mir, ich hört es kaum,
Ein Stündlein wohl vor Tag:

»Hör an, was ich dir sag,
Dein Schätzlein ich verklag:
Derweil ich dieses singen tu,
Herzt er ein Lieb in guter Ruh,
Ein Stündlein wohl vor Tag.«

O weh! nicht weiter sag!
O still! nichts hören mag!
Flieg ab, flieg ab von meinem Baum!
– Ach, Lieb und Treu ist wie ein Traum
Ein Stündlein wohl vor Tag.

Die Visite

Philister kommen angezogen:
Man sucht im Garten mich und Haus;
Doch war der Vogel ausgeflogen,
Zu dem geliebten Wald hinaus.
Sie kommen, mich auch da zu stören:
Es ruft, und ruft im Widerhall –
Gleich laß ich mich als Kuckuck hören,
Bin nirgends und bin überall.

So führt ich sie, nur wie im Traume,
Als Puck im ganzen Wald herum;
Ich pfiff und sang von jedem Baume,
Sie sahn sich fast die Hälse krumm.
Nun schalten sie: Verfluchte Possen!
Der Sonderling! der Grobian!
Da komm ich grunzend angeschossen,
Ein Eber, mit gefletschtem Zahn.

Mit Schrein, als wenn der Boden brennte,
Zerstob ein Teil im wilden Lauf,
Die andern kletterten behende
Den nächsten besten Baum hinauf;
Sie krochen weislich bis zum Gipfel,
Und sahen nicht einmal zurück,
Doch ich als Eichhorn saß im Wipfel,
Ich grüße sie und wünsche Glück.

»Ei, welch ein allerliebstes Späßchen!
Gott grüß Sie, schöne Fraun und Herrn!
Sie kommen, hoff ich, auf ein Täßchen
Eichelkaffee? Von Herzen gern!«
– Allein sie fanden's nicht gemütlich
In dieser ungewohnten Höh.
So schieden wir für heute gütlich;
Doch wehe meiner Renommee!

III

Wohlbekannte *Düfte*

Er ist's

Frühling läßt sein blaues Band
Wieder flattern durch die Lüfte;
Süße, wohlbekannte Düfte
Streifen ahnungsvoll das Land.
Veilchen träumen schon,
Wollen balde kommen.
– Horch, von fern ein leiser Harfenton!
Frühling, ja du bist's!
Dich hab ich vernommen!

Datura Suaveolens

Ich sah eben ein jugendlich Paar, o Blume Dianas,
Vor dir stehen; es war Wange an Wange gelegt.
Beide sie schlürften zugleich den unnennbaren Duft aus dem weiten,
Schneeigen Becher und leis hört ich ein doppeltes Ach!
»Küsse mich!« sagte sie jetzt, und mitten im Strome des Nektars
Atmend wechselten sie Küsse, begeisterten Blicks.
– Zürn, o Himmlische, nicht! Du hast fürwahr zu den Gaben
Irdischer Liebe den Hauch göttlicher Schöne gemischt.

Erinna an Sappho

(Erinna, eine hochgepriesene junge Dichterin des griechischen Altertums, um 600 v. Chr., Freundin und Schülerin Sapphos zu Mitylene auf Lesbos. Sie starb als Mädchen mit neunzehn Jahren. Ihr berühmtestes Werk war ein episches Gedicht, »Die Spindel«, von dem man jedoch nichts Näheres weiß. Überhaupt haben sich von ihren Poesien nur einige Bruchstücke von wenigen Zeilen und drei Epigramme erhalten. Es wurden ihr zwei Statuen errichtet, und die Anthologie hat mehrere Epigramme zu ihrem Ruhme von verschiedenen Verfassern.)

»Vielfach sind zum Hades die Pfade«, heißt ein
Altes Liedchen – »und einen gehst du selber,
Zweifle nicht!« Wer, süßeste Sappho, zweifelt?
Sagt es nicht jeglicher Tag?
Doch den Lebenden haftet nur leicht im Busen
Solch ein Wort, und dem Meer anwohnend ein Fischer
von Kind auf
Hört im stumpferen Ohr der Wogen Geräusch nicht mehr.
– Wundersam aber erschrak mir heute das Herz.
Vernimm!

Sonniger Morgenglanz im Garten,
Ergossen um der Bäume Wipfel,
Lockte die Langschläferin (denn so schaltest du jüngst
Erinna!)
Früh vom schwüligen Lager hinweg.
Stille war mein Gemüt; in den Adern aber
Unstet klopfte das Blut bei der Wangen Blässe.

Als ich am Putztisch jetzo die Flechten löste,
Dann mit nardeduftendem Kamm vor der Stirn den
Haar-
Schleier teilte – seltsam betraf mich im Spiegel Blick in
Blick.
Augen, sagt ich, ihr Augen, was wollt ihr?
Du, mein Geist, heute noch sicher behaust da drinne,
Lebendigen Sinnen traulich vermählt,
Wie mit fremdendem Ernst, lächelnd halb, ein Dämon,
Nickst du mich an, Tod weissagend!
– Ha, da mit eins durchzuckt' es mich
Wie Wetterschein! wie wenn schwarzgefiedert ein
tödlicher Pfeil
Streifte die Schläfe hart vorbei,
Daß ich, die Hände gedeckt aufs Antlitz, lange
Staunend blieb, in die nachtschaurige Kluft schwindelnd
hinab.

Und das eigene Todesgeschick erwog ich;
Trockenen Augs noch erst,
Bis da ich dein, o Sappho, dachte,
Und der Freundinnen all,
Und anmutiger Musenkunst,
Gleich da quollen die Tränen mir.

Und dort blinkte vom Tisch das schöne Kopfnetz, dein
Geschenk,
Köstliches Byssosgeweb, von goldnen Bienlein
schwärmend.
Dieses, wenn wir demnächst das blumige Fest
Feiern der herrlichen Tochter Demeters,
Möchte ich *ihr* weihn, für meinen Teil und deinen;
Daß sie hold uns bleibe (denn viel vermag sie),
Daß du zu früh dir nicht die braune Locke mögest
Für Erinna vom lieben Haupte trennen.

An Longus

Von Widerwarten eine Sorte kennen wir
Genau und haben ärgerlich sie oft belacht,
Ja einen eignen Namen ihr erschufest du,
Und heute noch beneid ich dir den kühnen Fund.

Zur Kurzweil gestern in der alten Handelsstadt,
Die mich herbergend einen Tag langweilete,
Ging ich vor Tisch, der Schiffe Ankunft mit zu sehn,
Nach dem Kanal, wo im Getümmel und Geschrei
Von tausendhändig aufgeregter Packmannschaft,
Faßwälzender, um Kist und Ballen fluchender,
Der tätige Faktor sich zeigt und, Gaffens halb,
Der Straßenjunge, beide Händ im Latze, steht.
Doch auf dem reinen Quaderdamme ab und zu
Spaziert' ein Pärchen; dieses faßt' ich mir ins Aug.
Im grünen, goldbeknöpften Frack ein junger Herr
Mit einer hübschen Dame, modisch aufgepfauscht.
Schnurrbartsbewußtsein trug und hob den ganzen Mann
Und glattgespannter Hosen Sicherheitsgefühl,
Kurz, von dem Hütchen bis hinab zum kleinen Sporn
Belebet' ihn vollendete Persönlichkeit.
Sie aber lachte pünktlich jedem dürftgen Scherz.
Der treue Pudel, an des Herren Knie gelockt,
Wird, ihr zum Spaße, schmerzlich in das Ohr gekneipt,
Bis er im hohen Fistelton gehorsam heult,
Zu Nachahmung ich weiß nicht welcher Sängerin.

Nun, dieser Liebenswerte, dächt ich, ist doch schon
Beinahe was mein Longus einen *Sehrmann* nennt;
Und auch die Dame war in hohem Grade *sehr.*
Doch nicht die affektierte Fratze, nicht allein
Den Gecken zeichnet dieses einzge Wort, vielmehr,
Was sich mit Selbstgefälligkeit Bedeutung gibt,
Amtliches Air, vornehm ablehnende Manier,
Dies und noch manches andere begreifet es.

Der Prinzipal vom Comptoir und der Kanzellei
Empfängt den Assistenten oder Kommis – denkt,
Er kam nach elfe gestern nacht zu Hause erst –
Den andern Tag mit einem langen Sehrgesicht.
Die Kammerzofe, die kokette Kellnerin,
Nachdem sie erst den Schäker kühn gemacht, tut bös,
Da er nun vom geraubten Kusse weitergeht:
»Ich muß recht, recht sehr bitten!« sagt sie wiederholt
Mit seriösem Nachdruck zum Verlegenen.

Die Tugend selber zeiget sich in Sehrheit gern.
O hättest du den jungen Geistlichen gesehn,
Dem ich nur neulich an der Kirchtür hospitiert!
Wie Milch und Blut ein Männchen, durchaus musterhaft;
Er wußt es auch; im wohlgezognen Backenbart,
Im blonden, war kein Härchen, wett ich, ungezählt.

Die Predigt roch mir seltsamlich nach Leier und Schwert,
Er kam nicht weg vom schönen Tod fürs Vaterland;
Ein paarmal gar riskiert' er liberal zu sein,
Höchst liberal – nun, halsgefährlich macht' er's nicht,
Doch wurden ihm die Ohren sichtlich warm dabei.
Zuletzt, herabgestiegen von der Kanzel, rauscht
Er strahlend, Kopf und Schultern wiegend, rasch vorbei
Dem duftgen Reihen tief bewegter Jungfräulein.
Und richtig macht er ihnen ein Sehrkompliment.

Besonders ist die Großmut ungemein sehrhaft.
Denn der Student, von edlem Burschentum erglüht,
Der hochgesinnte Leutnant, schreibet seinem Feind
(Ach *eine* Träne Juliens vermochte das!)
Nach schon erklärtem Ehrenkampfe, schnell versöhnt,
Lakonisch schön ein Sehrbillett – es rührt ihn selbst.
So ein Herr X, so ein Herr Z, als Rezensent,
Ist großer Sehrmann, Sehr-Sehrmann, just wenn er dir
Den Lorbeer reicht, beinahe mehr noch als wenn er
Sein höhnisch Sic! und Sapienti sat! hintrumpft.

Hiernächst versteht sich allerdings, daß viele auch
Nur teilweis und gelegentlich Sehrleute sind.
So haben wir an manchem herzlich lieben Freund
Ein unzweideutig Äderchen der Art bemerkt,
Und freilich immer eine Faust im Sack gemacht.

Doch wenn es nun vollendet erst erscheint, es sei
Mann oder Weib, der Menschheit Afterbild – o wer,
Dem sich im Busen ein gesundes Herz bewegt,
Erträgt es wohl? wem krümmte sich im Innern nicht
Das Eingeweide? Gift und Operment ist mir's!
Denn wären sie nur lächerlich! sie sind zumeist
Verrucht, abscheulich, wenn du sie beim Licht besiehst.
Kein Mensch beleidigt wie der Sehrmann und verletzt
Empfindlicher; wär's auch nur durch die Art wie er
Dich im Gespräch am Rockknopf faßt. Du schnöde Brut!
Wo einer auftritt, jedes Edle ist sogleich
Gelähmt, vernichtet neben ihnen, nichts behält
Den eignen, unbedingten Wert. Geht dir einmal
Der Mund in seiner Gegenwart begeistert auf,
Um was es sei – der Mann besitzt ein bleiernes,
Grausames Schweigen; völlig bringt dich's auf den Hund.
– Was hieße gottlos, wenn es dies Geschlecht nicht ist?
Und nicht im Schlaf auch fiel es ihnen ein, daß sie
Mit Haut und Haar des Teufels sind. Ich scherze nicht.
Durch Buße kommt ein Arger wohl zum Himmelreich:
Doch kann der Sehrmann Buße tun? O nimmermehr!
Drum fürcht ich, wenn sein abgeschiedner Geist dereinst
Sich, frech genug, des Paradieses Pforte naht,
Der rosigen, wo, Wache haltend, hellgelockt
Ein Engel lehnet, hingesenkt ein träumend Ohr
Den ewgen Melodien, die im Innern sind:

Aufschaut der Wächter, misset ruhig die Gestalt
Von Kopf zu Fuß, die fragende, und schüttelt jetzt
Mit sanftem Ernst, mitleidig fast, das schöne Haupt,
Links deutend, ungern, mit der Hand, abwärts den Pfad.
Befremdet, ja beleidigt stellt mein Mann sich an,
Und zaudert noch; doch da er sieht, hier sei es Ernst,
Schwenkt er in höchster Sehrheit trotziglich, getrost
Sich ab und schwänzelt ungesäumt der Hölle zu.

An meinen Vetter

Juni 1837

Lieber Vetter! Er ist eine
Von den freundlichen Naturen,
Die ich *Sommerwesten* nenne.
Denn sie haben wirklich etwas
Sonniges in ihrem Wesen.
Es sind weltliche Beamte,
Rechnungsräte, Revisoren,
Oder Kameralverwalter,
Auch wohl manchmal Herrn vom Handel,
Aber meist vom ältern Schlage,
Keinesweges Petitmaitres,
Haben manchmal hübsche Bäuche,
Und ihr Vaterland ist Schwaben.

Neulich auf der Reise traf ich
Auch mit einer Sommerweste
In der Post zu Besigheim
Eben zu Mittag zusammen.
Und wir speisten eine Suppe,
Darin rote Krebse schwammen,
Rindfleisch mit französ'schem Senfe,
Dazu liebliche Radieschen,
Dann Gemüse, und so weiter:
Schwatzten von der neusten Zeitung,
Und daß es an manchen Orten
Gestern stark gewittert habe.

Drüber zieht der wackre Herr ein
Silbern Büchslein aus der Tasche,
Sich die Zähne auszustochern;
Endlich stopft er sich zum schwarzen
Kaffee seine Meerschaumpfeife,
Dampft und diskurriert und schaut in-
mittelst einmal nach den Pferden.

Und ich sah ihm so von hinten
Nach und dachte: Ach, daß diese
Lieben, hellen Sommerwesten,
Die bequemen, angenehmen,
Endlich doch auch sterben müssen!

IV

Er *schmeckt* mir nicht mehr wie sonst

Versuchung

Wenn sie in silberner Schale mit Wein uns würzet die Erdbeern,
Dicht mit Zucker noch erst streuet die Kinder des Walds:
O wie schmacht ich hinauf zu den duftigern Lippen, wie dürstet
Nach des gebogenen Arms schimmernder Weiße mein Mund!

Im Park

Sieh, der Kastanie kindliches Laub hängt noch wie der feuchte
Flügel des Papillons, wenn er die Hülle verließ;
Aber in laulicher Nacht der kürzeste Regen entfaltet
Leise die Fächer und deckt schnelle den luftigen Gang.
– Du magst eilen, o himmlischer Frühling, oder verweilen,
Immer dem trunkenen Sinn fliehst du, ein Wunder, vorbei.

Der Tambour

Wenn meine Mutter hexen könnt,
Da müßt sie mit dem Regiment,
Nach Frankreich, überall mit hin,
Und wär die Marketenderin.
Im Lager, wohl um Mitternacht,
Wenn niemand auf ist als die Wacht,
Und alles schnarchet, Roß und Mann,
Vor meiner Trommel säß ich dann:
Die Trommel müßt eine Schüssel sein,
Ein warmes Sauerkraut darein,
Die Schlegel Messer und Gabel,
Eine lange Wurst mein Sabel,
Mein Tschako wär ein Humpen gut,
Den füll ich mit Burgunderblut.
Und weil es mir an Lichte fehlt,
Da scheint der Mond in mein Gezelt;
Scheint er auch auf franzö'sch herein,
Mir fällt doch meine Liebste ein:
Ach weh! Jetzt hat der Spaß ein End!
– Wenn nur meine Mutter hexen könnt!

Pastoralerfahrung

Meine guten Bauern freuen mich sehr;
Eine »scharfe Predigt« ist ihr Begehr.
Und wenn man mir es nicht verdenkt,
Sag ich, wie das zusammenhängt.
Sonnabend, wohl nach elfe spat,
Im Garten stehlen sie mir den Salat;
In der Morgenkirch mit guter Ruh
Erwarten sie den Essig dazu;
Der Predigt Schluß fein linde sei:
Sie wollen gern auch Öl dabei.

Restauration

nach Durchlesung eines Manuskripts mit Gedichten

Das süße Zeug ohne Saft und Kraft!
Es hat mir all mein Gedärm erschlafft.
Es roch, ich will des Henkers sein,
Wie lauter welke Rosen und Kamilleblümlein.
Mir ward ganz übel, mauserig, dumm,
Ich sah mich schnell nach was Tüchtigem um,
Lief in den Garten hinterm Haus,
Zog einen herzhaften Rettich aus,
Fraß ihn auch auf bis auf den Schwanz,
Da war ich wieder frisch und genesen ganz.

Zur Warnung

Einmal nach einer lustigen Nacht
War ich am Morgen seltsam aufgewacht:
Durst, Wasserscheu, ungleich Geblüt;
Dabei gerührt und weichlich im Gemüt,
Beinah poetisch, ja, ich bat die Muse um ein Lied.
Sie, mit verstelltem Pathos, spottet' mein,
Gab mir den schnöden Bafel ein:
»Es schlagt eine Nachtigall
Am Wasserfall;
Und ein Vogel ebenfalls,
Der schreibt sich Wendehals,
Johann Jakob Wendehals;
Der tut tanzen
Bei den Pflanzen
Obbemeldten Wasserfalls –«
So ging es fort; mir wurde immer bänger.
Jetzt sprang ich auf: zum Wein! Der war denn auch mein Retter.
– Merkt's euch, ihr tränenreichen Sänger,
Im Katzenjammer ruft man keine Götter!

Alles mit Maß

Mancherlei sind es der Gaben, die gütige Götter den
Menschen
Zum Genusse verliehn, sowie für die tägliche Notdurft.
Aber vor jeglichem Ding begehr ich gebratenen
Schweinsfuß.
Meine Frau Wirtin, die merkt's, nun hab ich alle Tag
Schweinsfüß.
Öfters im Geist ahnt mir: jetzt ist kein einziger
Schweinsfuß
Mehr in der Stadt zu erspähn: was hab ich am Abende?
Schweinsfüß!
Spräche der König nun gleich zum Hofkoch: Schaffe mir
Schweinsfüß!
Gnade der Himmel dem Mann, denn nirgend mehr
wandelt ein Schweinsfuß.
Und ich sagte zur Wirtin zuletzt: »Nun laßt mir die
Schweinsfüß!
Denn er schmeckt mir nicht mehr wie sonst, der
bräunliche Schweinsfuß.«
Aber sie denkt, aus Zartgefühl nur verbät ich die
Schweinsfüß,
Lächelnd bringet sie mir auch heute gebratenen
Schweinsfuß –
Ei so hole der Teufel auf ewig die höllischen Schweinsfüß!

[Mit einem Teller wilder Kastanien]

Mir ein liebes Schaugerichte
Sind die unschmackhaften Früchte,
Zeigen mir die Prachtgehänge
Heimatlicher Schattengänge,
Da wir in den Knabenzeiten
Sie auf lange Schnüre reihten,
Um den ganzen Leib sie hingen
Und als wilde Menschen gingen,
Oder sie auch wohl im scharfen
Krieg uns an die Köpfe warfen. –
Trüg ich, ach! nur eine Weile
Noch am Schädel solche Beule,
Aber mit der ganzen Wonne
Jener Ludwigsburger Sonne!

V

O komm, in diese Arme dich zu *fassen!*

Erinnerung

An C. N.

Jenes war zum letzten Male,
Daß ich mit dir ging, o Clärchen!
Ja, das war das letztemal,
Daß wir uns wie Kinder freuten.

Als wir eines Tages eilig
Durch die breiten, sonnenhellen,
Regnerischen Straßen, unter
Einem Schirm geborgen, liefen;
Beide heimlich eingeschlossen
Wie in einem Feenstübchen,
Endlich einmal Arm in Arme!

Wenig wagten wir zu reden,
Denn das Herz schlug zu gewaltig,
Beide merkten wir es schweigend,
Und ein jedes schob im stillen
Des Gesichtes glühnde Röte
Auf den Widerschein des Schirmes.

Ach, ein Engel warst du da!
Wie du auf den Boden immer
Blicktest, und die blonden Locken
Um den hellen Nacken fielen.

»Jetzt ist wohl ein Regenbogen
Hinter uns am Himmel«, sagt ich,
»Und die Wachtel dort im Fenster,
Deucht mir, schlägt noch eins so froh!«

Und im Weitergehen dacht ich
Unsrer ersten Jugendspiele,
Dachte an dein heimatliches
Dorf und seine tausend Freuden.
– »Weißt du auch noch«, frug ich dich,
»Nachbar Büttnermeisters Höfchen,
Wo die großen Kufen lagen,
Drin wir sonntags nach Mittag uns
Immer häuslich niederließen,
Plauderten, Geschichten lasen,
Während drüben in der Kirche
Kinderlehre war – (ich höre
Heute noch den Ton der Orgel
Durch die Stille ringsumher):
Sage, lesen wir nicht einmal
Wieder wie zu jenen Zeiten
– Just nicht in der Kufe, mein ich –
Den beliebten ›Robinson‹?«

Und du lächeltest und bogest
Mit mir um die letzte Ecke.
Und ich bat dich um ein Röschen,
Das du an der Brust getragen,
Und mit scheuen Augen schnelle
Reichtest du mir's hin im Gehen:
Zitternd hob ich's an die Lippen,
Küßt es brünstig zwei- und dreimal;
Niemand konnte dessen spotten,
Keine Seele hat's gesehen,
Und du selber sahst es nicht.

An dem fremden Haus, wohin
Ich dich zu begleiten hatte,
Standen wir nun, weißt, ich drückte
Dir die Hand und –

Dieses war zum letzten Male,
Daß ich mit dir ging, o Clärchen!
Ja, das war das letztemal,
Daß wir uns wie Kinder freuten.

Nimmersatte Liebe

So ist die Lieb! So ist die Lieb!
Mit Küssen nicht zu stillen:
Wer ist der Tor und will ein Sieb
Mit eitel Wasser füllen?
Und schöpfst du an die tausend Jahr,
Und küssest ewig, ewig gar,
Du tust ihr nie zu Willen.

Die Lieb, die Lieb hat alle Stund
Neu wunderlich Gelüsten;
Wir bissen uns die Lippen wund,
Da wir uns heute küßten.
Das Mädchen hielt in guter Ruh,
Wie's Lämmlein unterm Messer;
Ihr Auge bat: nur immer zu,
Je weher, desto besser!

So ist die Lieb, und war auch so,
Wie lang es Liebe gibt,
Und anders war Herr Salomo,
Der Weise, nicht verliebt.

Mein Fluss

O Fluß, mein Fluß im Morgenstrahl!
Empfange nun, empfange
Den sehnsuchtsvollen Leib einmal,
Und küsse Brust und Wange!
– Er fühlt mir schon herauf die Brust,
Er kühlt mit Liebesschauerlust
Und jauchzendem Gesange.

Es schlüpft der goldne Sonnenschein
In Tropfen an mir nieder,
Die Woge wieget aus und ein
Die hingegebnen Glieder;
Die Arme hab ich ausgespannt,
Sie kommt auf mich herzugerannt,
Sie faßt und läßt mich wieder.

Du murmelst so, mein Fluß, warum?
Du trägst seit alten Tagen
Ein seltsam Märchen mit dir um,
Und mühst dich, es zu sagen;
Du eilst so sehr und läufst so sehr,
Als müßtest du im Land umher,
Man weiß nicht wen, drum fragen.

Der Himmel, blau und kinderrein,
Worin die Wellen singen,
Der Himmel ist die Seele dein:
O laß mich ihn durchdringen!
Ich tauche mich mit Geist und Sinn
Durch die vertiefte Bläue hin,
Und kann sie nicht erschwingen!

Was ist so tief, so tief wie sie?
Die Liebe nur alleine.
Sie wird nicht satt und sättigt nie
Mit ihrem Wechselscheine.
– Schwill an, mein Fluß, und hebe dich!
Mit Grausen übergieße mich!
Mein Leben um das deine!
Du weisest schmeichelnd mich zurück
Zu deiner Blumenschwelle.
So trage denn allein dein Glück,
Und wieg auf deiner Welle
Der Sonne Pracht, des Mondes Ruh:
Nach tausend Irren kehrest du
Zur ewgen Mutterquelle!

Gesang Weylas

Du bist Orplid, mein Land!
Das ferne leuchtet;
Vom Meere dampfet dein besonnter Strand
Den Nebel, so der Götter Wange feuchtet.

Uralte Wasser steigen
Verjüngt um deine Hüften, Kind!
Vor deiner Gottheit beugen
Sich Könige, die deine Wärter sind.

Früh im Wagen

Es graut vom Morgenreif
In Dämmerung das Feld,
Da schon ein blasser Streif
Den fernen Ost erhellt;

Man sieht im Lichte bald
Den Morgenstern vergehn,
Und doch am Fichtenwald
Den vollen Mond noch stehn:

So ist mein scheuer Blick,
Den schon die Ferne drängt,
Noch in das Schmerzensglück
Der Abschiedsnacht versenkt.

Dein blaues Auge steht
Ein dunkler See vor mir,
Dein Kuß, dein Hauch umweht,
Dein Flüstern mich noch hier.

An deinem Hals begräbt
Sich weinend mein Gesicht,
Und Purpurschwärze webt
Mir vor dem Auge dicht.

Die Sonne kommt; – sie scheucht
Den Traum hinweg im Nu,
Und von den Bergen streicht
Ein Schauer auf mich zu.

Peregrina

(Aus: Maler Nolten)

I

Der Spiegel dieser treuen, braunen Augen
ist wie von innerm Gold ein Widerschein;
Tief aus dem Busen scheint er's anzusaugen,
Dort mag solch Gold in heilgem Gram gedeihn.
In diese Nacht des Blickes mich zu tauchen,
Unwissend Kind, du selber lädst mich ein –
Willst, ich soll kecklich mich und dich entzünden,
Reichst lächelnd mir den Tod im Kelch der Sünden!

II

Aufgeschmückt ist der Freudensaal.
Lichterhell, bunt, in laulicher Sommernacht
Stehet das offene Gartengezelte.
Säulengleich steigen, gepaart,
Grün-umranket, eherne Schlangen,
Zwölf, mit verschlungenen Hälsen,
Tragend und stützend das
Leicht gegitterte Dach.

Aber die Braut noch wartet verborgen
In dem Kämmerlein ihres Hauses.
Endlich bewegt sich der Zug der Hochzeit,
Fackeln tragend,
Feierlich stumm.
Und in der Mitte,

Mich an der rechten Hand,
Schwarz gekleidet, geht einfach die Braut;
Schöngefaltet ein Scharlachtuch
Liegt um den zierlichen Kopf geschlagen.
Lächelnd geht sie dahin; das Mahl schon duftet.

Später im Lärmen des Fests
Stahlen wir seitwärts uns beide
Weg, nach den Schatten des Gartens wandelnd,
Wo im Gebüsche die Rosen brannten,
Wo der Mondstrahl um Lilien zuckte,
Wo die Weymouthsfichte mit schwarzem Haar
Den Spiegel des Teiches halb verhängt.

Auf seidnem Rasen dort, ach, Herz am Herzen,
Wie verschlangen, erstickten meine Küsse den scheueren Kuß!
Indes der Springquell, unteilnehmend
An überschwenglicher Liebe Geflüster,
Sich ewig des eigenen Plätscherns freute;
Uns aber neckten von fern und lockten
Freundliche Stimmen,
Flöten und Saiten umsonst.

Ermüdet lag, zu bald für mein Verlangen,
Das leichte, liebe Haupt auf meinem Schoß.
Spielender Weise mein Aug auf ihres drückend
Fühlt ich ein Weilchen die langen Wimpern,
Bis der Schlaf sie stellte,
Wie Schmetterlingsgefieder auf und nieder gehn.

Eh das Frührot schien,
Eh das Lämpchen erlosch im Brautgemache,
Weckt ich die Schläferin,
Führte das seltsame Kind in mein Haus ein.

III

Ein Irrsal kam in die Mondscheingärten
Einer einst heiligen Liebe.
Schaudernd entdeckt ich verjährten Betrug.
Und mit weinendem Blick, doch grausam,
Hieß ich das schlanke,
Zauberhafte Mädchen
Ferne gehen von mir.
Ach, ihre hohe Stirn,
War gesenkt, denn sie liebte mich;
Aber sie zog mit Schweigen
Fort in die graue
Welt hinaus.

Krank seitdem,
Wund ist und wehe mein Herz.
Nimmer wird es genesen!

Als ginge, luftgesponnen, ein Zauberfaden
Von ihr zu mir, ein ängstig Band,
So zieht es, zieht mich schmachtend ihr nach!
– Wie? wenn ich eines Tags auf meiner Schwelle
Sie sitzen fände, wie einst, im Morgen-Zwielicht,
Das Wanderbündel neben ihr,
Und ihr Auge, treuherzig zu mir aufschauend,
Sagte, da bin ich wieder
Hergekommen aus weiter Welt!

IV

Warum, Geliebte, denk ich dein
Auf einmal nun mit tausend Tränen,
Und kann gar nicht zufrieden sein,
Und will die Brust in alle Weite dehnen?

Ach, gestern in den hellen Kindersaal,
Beim Flimmer zierlich aufgesteckter Kerzen,
Wo ich mein selbst vergaß in Lärm und Scherzen,
Tratst du, o Bildnis mitleid-schöner Qual;
Es war dein Geist, er setzte sich ans Mahl,
Fremd saßen wir mit stumm verhaltnen Schmerzen;

Zuletzt brach ich in lautes Schluchzen aus,
Und Hand in Hand verließen wir das Haus.

V

Die Liebe, sagt man, steht am Pfahl gebunden,
Geht endlich arm, zerrüttet, unbeschuht;
Dies edle Haupt hat nicht mehr, wo es ruht,
Mit Tränen netzet sie der Füße Wunden.

Ach, Peregrinen hab ich so gefunden!
Schön war ihr Wahnsinn, ihrer Wange Glut,
Noch scherzend in der Frühlingsstürme Wut,
Und wilde Kränze in das Haar gewunden.

War's möglich, solche Schönheit zu verlassen?
– So kehrt nur reizender das alte Glück!
O komm, in diese Arme dich zu fassen!

Doch weh! o weh, was soll mir dieser Blick?
Sie küßt mich zwischen Lieben noch und Hassen,
Sie kehrt sich ab, und kehrt mir nie zurück.

Trost

Ja, mein Glück, das lang gewohnte,
Endlich hat es mich verlassen!
– Ja, die liebsten Freunde seh ich
Achselzuckend von mir weichen,
Und die gnadenreichen Götter,
Die am besten Hülfe wüßten,
Kehren höhnisch mir den Rücken.
Was beginnen? werd ich etwa,
Meinen Lebenstag verwünschend,
Rasch nach Gift und Messer greifen?
Das sei ferne! vielmehr muß man
Stille sich im Herzen fassen.

Und ich sprach zu meinem Herzen:
Laß uns fest zusammenhalten!
Denn wir kennen uns einander,
Wie ihr Nest die Schwalbe kennet,
Wie die Zither kennt den Sänger,
Wie sich Schwert und Schild erkennen,
Schild und Schwert einander lieben.
Solch ein Paar, wer scheidet es?

Als ich dieses Wort gesprochen,
Hüpfte mir das Herz im Busen,
Das noch erst geweinet hatte.

Der Genesene an die Hoffnung

Tödlich graute mir der Morgen:
Doch schon lag mein Haupt, wie süß!
Hoffnung, dir im Schoß verborgen,
Bis der Sieg gewonnen hieß.
Opfer bracht ich allen Göttern,
Doch vergessen warest du;
Seitwärts von den ewgen Rettern
Sahest du dem Feste zu.

O vergib, du Vielgetreue!
Tritt aus deinem Dämmerlicht,
Daß ich dir ins ewig neue,
Mondenhelle Angesicht
Einmal schaue, recht von Herzen,
Wie ein Kind und sonder Harm;
Ach, nur *einmal* ohne Schmerzen
Schließe mich in deinen Arm!

Am Rheinfall

Halte dein Herz, o Wanderer, fest in gewaltigen
Händen!
Mir entstürzte vor Lust zitternd das meinige fast.
Rastlos donnernde Massen auf donnernde Massen
geworfen,
Ohr und Auge wohin retten sie sich im Tumult?
Wahrlich, den eigenen Wutschrei hörete nicht der
Gigant hier,
Läg er, vom Himmel gestürzt, unten am Felsen
gekrümmt!
Rosse der Götter, im Schwung, eins über dem Rücken
des andern,
Stürmen herunter und streun silberne Mähnen
umher;
Herrliche Leiber, unzählbare, folgen sich, nimmer
dieselben,
Ewig dieselbigen – wer wartet das Ende wohl aus?
Angst umzieht dir den Busen mit eins und, *wie* du es
denkest,
Über das Haupt stürzt dir krachend das
Himmelsgewölb!

Zu viel

Der Himmel glänzt vom reinsten Frühlingslichte,
Ihm schwillt der Hügel sehnsuchtsvoll entgegen,
Die starre Welt zerfließt in Liebessegen,
Und schmiegt sich rund zum zärtlichsten Gedichte.

Am Dorfeshang, dort bei der luftgen Fichte,
Ist meiner Liebsten kleines Haus gelegen –
O Herz, was hilft dein Wiegen und dein Wägen,
Daß all der Wonnestreit in dir sich schlichte!

Du, Liebe, hilf den süßen Zauber lösen,
Womit Natur in meinem Innern wühlet!
Und du, o Frühling, hilf die Liebe beugen!

Lisch aus, o Tag! Laß mich in Nacht genesen!
Indes ihr sanften Sterne göttlich kühlet,
Will ich zum Abgrund der Betrachtung steigen.

Liebesvorzeichen

Ich stand am Morgen jüngst im Garten
Vor dem Granatbaum sinnend still;
Mir war, als müßt ich gleich erwarten,
Ob er die Knospe sprengen will.

Sie aber schien es nicht zu wissen,
Wie mächtig ihr die Fülle schwoll,
Und daß sie in den Feuerküssen
Des goldnen Tages brennen soll.

Und dort am Rasen lag Jorinde;
Wie schnell bin ich zum Gruß bereit,
Indes sie sich nur erst geschwinde
Den Schlummer aus den Augen streut!

Dann leuchtet dieser Augen Schwärze
Mich an in lieb- und guter Ruh,
Sie hört dem Mutwill meiner Scherze
Mit kindischem Verwundern zu.

Dazwischen dacht ich wohl im stillen:
Was hast du vor? sie ist ein Kind!
Die Lippen, die von Reife quillen,
Wie blöde noch und fromm gesinnt!

Fürwahr, sie schien es nicht zu wissen,
Wie mächtig ihr die Fülle schwoll,
Und daß sie in den Feuerküssen
Des kecksten Knaben brennen soll.

Still überlegt ich auf und nieder,
Und ging so meiner Wege fort;
Doch fand der nächste Morgen wieder
Mich zeitig bei dem Bäumchen dort.

Mein! wer hat ihm in wenig Stunden
Ein solches Wunder angetan?
Die Flammenkrone aufgebunden?
Und was sagt mir dies Zeichen an?

Ich eile rasch den Gang hinunter,
Dort geht sie schon im Morgenstrahl;
Und bald, o Wunder über Wunder!
Wir küßten uns zum erstenmal.

Nun trieb der Baum wohl Blüt auf Blüte
Frisch in die blaue Luft hinaus,
Und noch, seitdem er lang verglühte,
Ging uns das Küssen nimmer aus.

»Lang, lang ist's her.«*

An Auguste Stark, geb. Mährlen, zu ihrer Hochzeit

Es gibt ein altes Liebeslied, vom Norden kommt's,
Wie ferne Glockenlaute, oder wie am Strand
Eintönig sanfter Wellenschlag sich wiederholt,
Dem man so gern, vergangner Zeiten denkend lauscht;
Denn endlos, süßer Wehmut unersättigt, kehrt
Das immer gleiche Wort zurück: Lang, lang ist's her.
– Du kennst es wohl, und nie vielleicht so lieblich mehr
Als jenen Tag aus deinem Munde hören wir's.

Wie kommt es doch, daß mitten hier im lauten Schwarm
Entzückter Gäste, die dein Fest versammelt hat,
Mir insgeheim die schlichte Weise immerdar
Im Ohre flüsternd liegen muß: Lang, lang ist's her –?
– Nachdenklich auch und wie der Gegenwart entrückt
Auf Augenblicke seh ich deinen Vater dort,
Den Freund, mit dem ich jung gewesen und bei dem
Das Herz mir immer jung aufgeht, so alt es sei.
Was wir erstrebt, genossen beide und verschmerzt,
In tausend Bildern drängt sich's vor die Seele mir:
Des Scherzes Fülle, dicht am Ernst, und Lieb und Haß,
Bei vielem Irrtum vieles doch, das nicht getäuscht.
– Ihm selber aber, wie muß ihm zu Sinne sein,
Die Tochter heut an eines edeln Mannes Hand
Zu sehn, dein liebes Haupt, o Kind, bekränzt von Ihr,

* Irisches Volkslied: »Long, long ago.«

Die lächelnd uns in deiner bräutlichen Gestalt
Der eignen Jugend Blüte wieder schauen läßt!

Nun wendet sich dein Lebensweg; du gehst von uns,
Fernhin, wo dir ein trauter Herd bereitet ist,
Und manches Auge sieht dir schwer von Tränen nach.
– Noch steht die Sonne dieses Tags am Himmel und
Noch heißt es Heute; wenn dies Heute Gestern heißt,
Wie anders liegt die Welt bereits vor deinem Blick!
– Und Jahr um Jahr vergeht gemach mit Eile so.
Ihr Inhalt ist zur Hälfte kaum des Menschen Wahl,
Die andre ruht in ewiger Mächte Liebesrat.
Wenn du an des Geliebten Seite künftighin
Des heutigen Fests Gedächtnis ohne uns begehst,
Wenn ihr in diesen gästereichen, heitern Saal
Euch einmal wieder ganz versetzt im Geist, und all
Die freundlichen Gesichter hier sich neu vor euch
Beleben zwischen Blumenschmuck und Gläserklang:
Dann laß zur stillen Abendstunde kerzenhell
Dein Zimmer sein und hell erleuchtet dein Klavier.
Sing ihm das alte Liedchen, das sich nie verlernt:
Lang, lang ist's her. – Was dir sein Kuß, sein Händedruck
Drauf sagen wird mit Schweigen – braucht's der Worte noch?
Daß unveraltet Liebe doch und Treue bleibt,
Was auch der Zeiten Wandel sonst hinnehmen mag.

Zwo Ältere Gedichte

1

Der Kehlkopf

Der Kehlkopf, der im hohlen Bom
Als Weidenschnuppe uns ergötzt,
Dem kam man endlich auf das Trom,
Und hat ihn säuberlich zerbäzt,
Man kam von hinten angestiegen,
Drauf ward er vorne ausgezwiegen.

2

Die Streichkröte

Die Kröte, die einst mutig strich,
Hat nun der blasse Tod ergriffen,
Daß ihr das Eingeweichse blich,
Die Volz dazu war nicht geschliffen:
Man rieb sie etwas mit dem Fuß,
Dieweil sie *sterben* muß!

Τέλος

VI

Mein Gemüte offen, *sehnend*

Im Frühling

Hier lieg ich auf dem Frühlingshügel:
Die Wolke wird mein Flügel,
Ein Vogel fliegt mir voraus.
Ach, sag mir, all-einzige Liebe,
Wo du bleibst, daß ich bei dir bliebe!
Doch du und die Lüfte, ihr habt kein Haus.

Der Sonnenblume gleich steht mein Gemüte offen,
Sehnend,
Sich dehnend
In Lieben und Hoffen.
Frühling, was bist du gewillt?
Wann werd ich gestillt?

Die Wolke seh ich wandeln und den Fluß,
Es dringt der Sonne goldner Kuß
Mir tief bis ins Geblüt hinein;
Die Augen, wunderbar berauschet,
Tun, als schliefen sie ein,
Nur noch das Ohr dem Ton der Biene lauschet.

Ich denke dies und denke das,
Ich sehne mich, und weiß nicht recht, nach was:
Halb ist es Lust, halb ist es Klage;
Mein Herz, o sage,
Was webst du für Erinnerung
In golden grüner Zweige Dämmerung?
– Alte unnennbare Tage!

Besuch in Urach

Nur fast so wie im Traum ist mir's geschehen,
Daß ich in dies geliebte Tal verirrt.
Kein Wunder ist, was meine Augen sehen,
Doch schwankt der Boden, Luft und Staude schwirrt,
Aus tausend grünen Spiegeln scheint zu gehen
Vergangne Zeit, die lächelnd mich verwirrt;
Die Wahrheit selber wird hier zum Gedichte,
Mein eigen Bild ein fremd und hold Gesichte!

Da seid ihr alle wieder aufgerichtet,
Besonnte Felsen, alte Wolkenstühle!
Auf Wäldern schwer, so kaum der Mittag lichtet
Und Schatten mischt mit balsamreicher Schwüle.
Kennt ihr mich noch, der sonst hieher geflüchtet,
Im Moose, bei süß-schläferndem Gefühle,
Der Mücke Sumsen, hier ein Ohr geliehen,
Ach, kennt ihr mich, und wollt nicht vor mir fliehen?

Hier wird ein Strauch, ein jeder Halm zur Schlinge,
Die mich in liebliche Betrachtung fängt;
kein Mäuerchen, kein Holz ist so geringe,
Daß nicht mein Blick voll Wehmut an ihm hängt:
Eine jedes spricht mir halbvergeßne Dinge;
Ich fühle, wie von Schmerz und Lust gedrängt
Die Träne stockt, indes ich ohne Weile,
Unschlüssig, satt und durstig, weitereile.

Hinweg! und leite mich, du Schar von Quellen,
Die ihr durchspielt der Matten grünes Gold!
Zeigt mir die urbemoosten Wasserzellen,
Aus denen euer ewigs Leben rollt,
Im kühnsten Walde die verwachsnen Schwellen,
Wo eurer Mutter Kraft im Berge grollt,
Bis sie im breiten Schwung an Felsenwänden
Herabstürzt, euch im Tale zu versenden.

O hier ist's, wo Natur den Schleier reißt!
Sie bricht einmal ihr übermenschlich Schweigen;
Laut mit sich selber redend will ihr Geist,
Sich selbst vernehmend, sich ihm selber zeigen.
– Doch ach, sie bleibt, mehr als der Mensch, verwaist,
Darf nicht aus ihrem eignen Rätsel steigen!
Dir biet ich denn, begier'ge Wassersäule,
Die nackte Brust, ach, ob sie dir sich teile!

Vergebens! und dein kühles Element
Tropft an mir ab, im Grase zu versinken.
Was ist's, das deine Seele von mir trennt?
Sie flieht, und möcht ich auch in dir ertrinken!
Dich kränkt's nicht, wie mein Herz um dich entbrennt,
Küssest im Sturz nur diese schroffen Zinken;
Du bleibest, was du warst seit Tag und Jahren,
Ohn ein'gen Schmerz der Zeiten zu erfahren.

Hinweg aus diesem üppgen Schattengrund
Voll großer Pracht, die drückend mich erschüttert!
Bald grüßt beruhigt mein verstummter Mund
Den schlichten Winkel, wo sonst halb verwittert
Die kleine Bank und wo das Hüttchen stund;
Erinnrung reicht mit Lächeln die verbittert
Bis zur Betäubung süßen Zauberschalen;
So trink ich gierig die entzückten Qualen.

Hier schlang sich tausendmal ein junger Arm
Um meinen Hals mit inn'gem Wohlgefallen.
O säh ich mich, als Knaben sonder Harm,
Wie einst, mit Necken durch die Haine wallen!
Ihr Hügel, von der *alten* Sonne warm,
Erscheint mir denn auf keinem von euch allen
Mein Ebenbild, in jugendlicher Frische
Hervorgesprungen aus dem Waldgebüsche?

O komm, enthülle dich! dann sollst du mir
Mit Freundlichkeit ins dunkle Auge schauen!
Noch immer, guter Knabe, gleich ich dir,
Uns beiden wird nicht voreinander grauen!
So komm und laß mich unaufhaltsam hier
Mich deinem reinen Busen anvertrauen! –
Umsonst, daß ich die Arme nach dir strecke,
Den Boden, wo du gingst, mit Küssen decke!

Hier will ich denn laut schluchzend liegen bleiben,
Fühllos, und alles habe seinen Lauf! –
Mein Finger, matt, ins Gras beginnt zu schreiben:
Hin ist die Lust! hab alles seinen Lauf!
Da, plötzlich, hör ich's durch die Lüfte treiben,
Und ein entfernter Donner schreckt mich auf;
Elastisch angespannt mein ganzes Wesen
Ist von Gewitterluft wie neu genesen.

Sieh! wie die Wolken finstre Ballen schließen
Um den ehrwürdgen Trotz der Burgruine!
Von weitem schon hört man den alten Riesen,
Stumm harrt das Tal mit ungewisser Miene,
Der Kuckuck nur ruft sein einförmig Grüßen
Versteckt aus unerforschter Wildnis Grüne –
Jetzt kracht die Wölbung, und verhallet lange,
Das wundervolle Schauspiel ist im Gange!

Ja nun, indes mit hoher Feuerhelle
Der Blitz die Stirn und Wange mir verklärt,
Ruf ich den lauten Segen in die grelle
Musik des Donners, die mein Wort bewährt:
O Tal! du meines Lebens andre Schwelle!
Du meiner tiefsten Kräfte stiller Herd!
Du meiner Liebe Wundernest! ich scheide,
Leb wohl! – und sei dein Engel mein Geleite!

Heimweh

Anders wird die Welt mit jedem Schritt,
Den ich weiter von der Liebsten mache;
Mein Herz, das will nicht weiter mit.
Hier scheint die Sonne kalt ins Land,
Hier deucht mir alles unbekannt,
Sogar die Blumen am Bache!
Hat jede Sache
So fremd eine Miene, so falsch ein Gesicht.
Das Bächlein murmelt wohl und spricht:
Armer Knabe, komm bei mir vorüber,
Siehst auch hier Vergißmeinnicht!
– Ja, die sind schön an jedem Ort,
Aber nicht wie dort.
Fort, nur fort!
Die Augen gehn mir über!

Auf der Teck

Hier ist Freude hier ist Lust
Wie ich nie empfunden!
Hier muß eine Menschenbrust
Ganz und gar gesunden!
        Laß denn, o Herz, der Qual
        Froh dich entbinden
        Wirf sie ins tiefste Tal
        Gib sie den Winden!

Mag da drunten jedermann
Seine Grillen haben:
Wer sich hier nicht freuen kann
Lasse sich begraben.
        Laß denn, o Herz, der Qual
        Froh dich entbinden!
        Wirf sie ins tiefste Tal!
        Gib sie den Winden!

Auf eine Lampe

Noch unverrückt, o schöne Lampe, schmückest du,
An leichten Ketten zierlich aufgehangen hier,
Die Decke des nun fast vergeßnen Lustgemachs.
Auf deiner weißen Marmorschale, deren Rand
Der Efeukranz von goldengrünem Erz umflicht,
Schlingt fröhlich eine Kinderschar den Ringelreihn.
Wie reizend alles! lachend, und ein sanfter Geist
Des Ernstes doch ergossen um die ganze Form –
Ein Kunstgebild der echten Art. Wer achtet sein?
Was aber schön ist, selig scheint es in ihm selbst.

Verborgenheit

Laß, o Welt, o laß mich sein!
Locket nicht mit Liebesgaben,
Laßt dies Herz alleine haben
Seine Wonne, seine Pein!

Was ich traure weiß ich nicht,
Es ist unbekanntes Wehe;
Immerdar durch Tränen sehe
Ich der Sonne liebes Licht.

Oft bin ich mir kaum bewußt,
Und die helle Freude zücket
Durch die Schwere, so mich drücket
Wonniglich in meiner Brust.

Laß, o Welt, o laß mich sein!
Locket nicht mit Liebesgaben,
Laßt dies Herz alleine haben
Seine Wonne, seine Pein!

Zum neuen Jahr

Kirchengesang
(Melodie aus Axur: »Wie dort auf den Auen«)

Wie heimlicher Weise
Ein Engelein leise
Mit rosigen Füßen
Die Erde betritt,
So nahte der Morgen.
Jauchzt ihm, ihr Frommen,
Ein heilig Willkommen,
Ein heilig Willkommen!
Herz, jauchze du mit!

In Ihm sei's begonnen,
Der Monde und Sonnen
An blauen Gezelten
Des Himmels bewegt.
Du, Vater, du rate!
Lenke du und wende!
Herr, dir in die Hände
Sei Anfang und Ende,
Sei alles gelegt!

Neue Liebe

Kann auch ein Mensch des andern auf der Erde
Ganz, wie er möchte, sein?
– In langer Nacht bedacht ich mir's, und mußte sagen,
nein!

So kann ich niemands heißen auf der Erde,
Und niemand wäre mein?
– Aus Finsternissen hell in mir aufzückt ein
Freudenschein:

Sollt ich mit Gott nicht können sein,
So wie ich möchte, mein und dein?
Was hielte mich, daß ich's nicht heute werde?

Ein süßes Schrecken geht durch mein Gebein!
Mich wundert, daß es mir ein Wunder wollte sein,
Gott selbst zu eigen haben auf der Erde!

Gebet

Herr! schicke was du willt,
Ein Liebes oder Leides;
Ich bin vergnügt, daß beides
Aus Deinen Händen quillt.

Wollest mit Freuden
Und wollest mit Leiden
Mich nicht überschütten!
Doch in der Mitten
Liegt holdes Bescheiden.

An Gretchen

Jüngst, als unsere Mädchen, zur Fastnacht beide verkleidet,
  Im Halbdunkel sich scheu erst an der Türe gezeigt,
Dann sich die Blonde als Schäferin dir, mir aber die kleine
  Mohrin mit Lachen zumal warf in den offenen Arm,
Und du, Liebste, von fern mein Gefühl nicht ahnend, ins Ohr
  (Der ich verblüfft dasaß) flüstertest »lobe sie doch« –: [mir
O wie gedacht ich der Zeit, da *diese* nicht waren, und *wir* uns
  Beide noch fremd, ja du selber noch hießest ein Kind.
Einst und jetzt im Wechsel – ein fliegender Blitz der Gedanken
  Machte mich stumm, und hoch wallte vor Freuden mein Herz.

Leben und Tod

Sucht das Leben wohl den Tod?
Oder sucht der Tod das Leben?
Können Morgenröte und das Abendrot
Sich auf halbem Weg die Hände geben?

Die stille Nacht tritt mitten ein,
Die sich der Liebenden erbarme.
Sie winkt; es flüstert: Amen! – Mein und Dein!
Da fallen sie sich zitternd in die Arme.

Nachts

Horch! auf der Erde feuchtem Grund gelegen,
Arbeitet schwer die Nacht der Dämmerung entgegen,
Indessen dort, in blauer Luft gezogen,
Die Fäden leicht, unhörbar fließen
Und hin und wieder mit gestähltem Bogen
Die lust'gen Sterne goldne Pfeile schießen.

Im Erdenschoß, im Hain und auf der Flur,
Wie wühlt es jetzo rings in der Natur
Von nimmersatter Kräfte Gärung!
Und welche Ruhe doch und welch ein Wohlbedacht!
Mir aber in geheimer Brust erwacht
Ein peinlich Widerspiel von Fülle und Entbehrung
Vor diesem Bild, so schweigend und so groß.
Mein Herz, wie gerne machtest du dich los!
Du schwankendes, dem jeder Halt gebricht,
Willst, kaum entflohn, zurück zu deinesgleichen.
Trägst du der Schönheit Götterstille nicht,
So beuge dich! denn hier ist kein Entweichen.

(Zu) perfekt getarnt. Eduard Mörike besaß eine seltene Gabe, die ihm beim Leben und Schreiben, nicht aber beim Berühmtwerden geholfen hat: Er konnte gleichsam im eigenen Schatten stehen, sich zurückziehen, entziehen, wo immer es ihm nötig schien. Eine wirksame Mischung aus starrsinniger Demut, sarkastischem Gleichmut und bewußter Eigenbrötlerei half ihm dabei. Schutzbedürftig, aber nicht wehleidiger als andere, fehlte Mörike, dem Pfarrer wider Willen, der sich aus gesundheitlichen Gründen mit 39 Jahren in den Ruhestand versetzen ließ, überdies »der Sinn fürs Feierliche« (Theodor Fontane). Vor Philistern und Wichtigtuern aller Art nahm er Reißaus, er schätzte seine »Ruh'«. Die große Geste war ihm zuwider, bei seinem Freund Wilhelm Waiblinger ebenso wie im Werk Heinrich Heines. Wahre Größe wußte er jedoch zu verehren: Goethe und Mozart bedeuteten ihm viel.

Mörike setzte sich Masken auf, präsentiert sich als Biedermann, Kauz, Sonderling oder sogar als Grobian – wie im Gedicht ›Die Visite‹ nachzulesen ist. Ausgerechnet die einzige *wirkliche* Maske Mörikes, seine Totenmaske, hat das Bild der Nachwelt nicht beeinflußt. Der Abdruck der verhärmten Züge des Dichters liegt, den Augen der Öffentlichkeit entzogen, im Magazin des Deutschen Literaturarchivs in Marbach.

Dantes Wäschezettel. Es mag kein Zufall sein, daß es von Dichtern unbestrittener Bedeutung wie Sophokles, Dante oder Shakespeare kaum Lebenszeugnisse gibt. Wo keine Fakten sich zum Netz verdichten lassen, mit dem man glaubt, den Dichter einfangen zu können, bleibt der Blick frei fürs Werk. Es mag manches erklären, wenn man weiß, daß Mörike früh seinen Vater und zwei geliebte Geschwister verlor, daß ihm auf dem Gnadenweg das kostenlose, aber ungeliebte Studium der evangelischen Theologie am Tübinger Stift ermöglicht wurde, daß er als Student eine erotische Passion durchlitt, als Vikar eine lange und brave Verlobungszeit durch wunderbare Brautbriefe verewigte, zusammen mit seiner haushaltenden Schwester Klara ein idyllisches Pfarrersdasein in Cleversulzbach zu leben versuchte, und spät und zum Entsetzen des Freundes Wilhelm Hartlaub eine Katholikin heiratete, mit der er zwei Töchter hatte. Probehalber aber sollte man diese und alle andern biographischen Details einmal vergessen und dem Dichter Mörike einfach zuhören, als einem Mitglied im A-Klasse-Orchester der lyrischen Weltliteratur – diese musikalische Metapher sei bei Mörike, dem großen Musikfreund und Versmusiker, erlaubt.

Vielfalt der Töne. Wer sich das Vergnügen macht und Mörikes quantitativ schmales, qualitativ aber reiches Gesamtwerk zu lesen – samt den prächtigen Briefen – wird überrascht durch den virtuosen Umgang des Dichters mit unterschiedlichsten Tönen und Themen, Strophen und Gattungen, Stillagen und Stimmungen. Da steht Inniges neben Derbem, Erotisches neben Vergeistigtem, kräftiger und feiner Humor neben beinah todesmüdem Verzagen; antike Versmaße neben schlichten deutschen Volksliedstrophen, behaglich ausgesponnene Vers-Erzählungen neben pointierten Epigrammen. Mörikes Stärke, nicht immer ›Ich‹ sagen zu müssen, sondern sich spielerisch als ein Anderer erproben zu können, erweist sich besonders in seiner Lyrik als Glücksfall.

So trägt Mörikes Liebe zur griechischen und römischen Dichtung nicht nur in gelungenen Übersetzungen Früchte (Anakreon, Theokrit, Horaz u. a.), sondern in einer Vielzahl antikisierender lyrischer und epigrammatischer Gedichte. Gottfried Keller hat Mörike als »Sohn des Horaz und einer feinen Schwäbin« gewürdigt – und damit seinen Sinn für den unbefangen-heidnischen Mörike bewiesen. Daß er, trotz aller Glaubenszweifel, seiner Schwester ein Hausaltärchen einrichtete und sich über ein altes Kruzifix in seinem Besitz freuen konnte, steht auf einem anderen, ebenfalls dichterisch beschriebenen Blatt.

Antike und Christentum, in Mörikes Schaffen schließen sie sich nicht aus als Formen des Lebens, Lesens und Schreibens. Ähnlich frei geht Mörike mit der näheren literarischen Vergangenheit um. Modulationen und Motive aus Klassik und Romantik nimmt er bei Gelegenheit ohne Scheu auf – und deutet sie auf seine eigene Art.

Bezeichnend und selten in der europäischen Literatur ist auch seine Fähigkeit, als Lyriker – und Briefeschreiber – aus der scheinbar neutralen, stets konkreten Beobachtung jäh aufzuwachen zu einer Erfahrung von ganz neuer Qualität. Man möchte von einer Ästhetik der Epiphanie sprechen, die an die ›spontane‹, durchlässige Kunst japanischer Haiku-Dichtung erinnert – auch deren Voraussetzung ist ja die hellwache Versenkung in den Augenblick.

Was Mörike nicht war? Ein vorsätzlicher Erneuerer und Zertrümmerer à la Rimbaud, dem Mörike übrigens im Februar/März des Jahres 1875 in Stuttgart hätte begegnen können. Mörike ist eine jener Künstlernaturen, die, wie beispielsweise Johann Sebastian Bach, souverän über das künstlerische Erbe ihrer Zeit verfügen und es kraft ihrer Persönlichkeit auf unverwechselbare Weise zusammenfassen. Nicht als Summe, sondern in der Potenz hat uns dieser Dichter die Möglichkeiten lyrischen Sprechens überliefert.

Zur Auswahl. 226 Gedichte enthält die vierte, vorletzte und maßgebliche Auflage von Mörikes Gedichten, die 1867, acht Jahre vor seinem Tod, erschien. Mörike hatte seit der ersten Auflage von 1838 immer wieder Gedichte ergänzt und manche ausgetauscht; die relativ freie Anordnung der Sammlung hat er beibehalten. Da die vorliegende Auswahl aus Umfangsgründen zwar auf die längeren Erzählgedichte verzichten muß, dafür aber das gesamte lyrische Schaffen des Dichters berücksichtigt, schien es sinnvoll, die Texte in einen neuen Zusammenhang zu bringen.

Als Dichter »mit aufgeschlossenen Sinnen« (›Wald-Idylle‹) wird Mörike hier präsentiert. Die Texte der ersten fünf Kapitel umkreisen die fünf Sinne: Sehen, Hören, Riechen, Schmecken, Fühlen. Schließlich lebt gerade Lyrik von Sinnlichkeit und ästhetischem Form-Gefühl. Doch kann eine feine Nase sich nicht nur am Duft einer Blume erfreuen, sie muß mitunter bei manchem Zeitgenossen moralisch-geruchsbedingt auch gerümpft werden. Oder man möchte wissen, wie sich jemand anfühlt, für den man starke Gefühle hegt. Keines der Fünf-Sinne-Kapitel ist also im engen und strengen Wortsinn zu verstehen. Ein gutes Gedicht vermittelt schließlich mehr als einen Sinn – in des Wortes doppelter Bedeutung. Mitunter wird durch die Zuordnung eines Gedichts ein bestimmter, weniger auffälliger (Sinnes-)Aspekt akzentuiert.

Was der Mensch hoffen darf und fürchten soll, verraten ihm weder Auge noch Ohr, sondern die Traditionen des Glaubens – oder sein sechster Sinn. Aus blitzartigem Erfühlen oder körperlos-(un)ruhigem Erahnen speist sich oft die Erkenntnis auch der Poesie. Im letzten Kapitel dieser Auswahl stehen gebetsähnliche Verse neben solchen, in denen das Ich die Spannungen des – auch künstlerischen – Seins besonders stark erlebt oder – sich transzendierend – den Absprung ins Irdische oder aus dem Irdischen sucht.

***

Alle Kapitel sind mit einem Zitat aus einem der jeweils folgenden Gedichte überschrieben. – Textgrundlage der vorliegenden Auswahl sind die beiden Bände: Eduard Mörike, *Sämtliche Werke,* nach dem Text der Ausgaben letzter Hand unter Berücksichtigung der Erstdrucke und Handschriften, verantwortl. für die Textred.: Jost Perfahl. München 1967–70.

Alphabetisches Verzeichnis der Gedichtüberschriften und Gedichtanfänge